D1131949

AMIGOS EN PRIMAVERA

Ilustraciones de Donata Dal Molin Casagrande
Texto de Dino Maraga
Traducción de Giancarla Brignole

En dos casas del campo vivían dos familias, cada una con un hijo: Mateo y Valerio.

Mateo amaba jugar con los animales. Valerio prefería jugar solo.

Cuando hacía buen tiempo Mateo ayudaba a su padre en los campos; Valerio, por el contrario, seguía a su padre en el bosque y lo ayudaba a capturar a los pájaros. Esta actividad era motivo de desacuerdo entre los dos niños.

Cuando llegaba el frío, los pájaros no tenían mucho que comer y Mateo ponía migajas de pan en su mitad del patio.

Sin embargo era importante que los pájaros nunca se posaran en la otra mitad, donde Valerio tenía puestas trampas y lazos.

Todo había iniciado el invierno anterior, cuando Valerio escondió las trampas bajo la nieve y las cubrió con granos de maíz.

Los pajaritos del campo eran golosos y buscaban ese alimento hasta entre las tablas del granero, donde Mateo no encontraba ya ni un grano.

Si Mateo no se hubiera preocupado rápidamente por saciar su hambre, petirrojos, paros y mirlos hubieran picado el maíz y habrían caído en las trampas.

Mateo entonces fue con el panadero y lo ayudó a mover los costales de harina, a cargar la leña para calentar el horno, a llenar las canastas de pan fresco y, por último, a barrer el piso. A cambio de su trabajo pidió dos grandes bolsas de pan viejo.

Muy contento, Mateo se encaminó hacia su casa con una bolsa en la mano derecha y otra en la izquierda.

En el camino Mateo encontró a Valerio y a Juan quienes empezaron a burlarse de su preocupación por los pájaros. Para huir de sus mofas, Mateo decidió cruzar el torrente brincando sobre las piedras, como lo hacía durante el verano.

Pero las bolsas eran pesadas y las piedras estaban cubiertas de hielo resbaladizo; así Mateo perdió el equilibrio y cayó mientras las bolsas de pan se le escapaban de las manos. ¡El dolor por la pérdida del pan le dolía más que las raspaduras de sus rodillas!

Su mamá lo vio desde el patio y corrió para ayudarlo a levantarse; recuperó algo de pan. Después, en la casa, lo curó y lo puso en la cama porque se estaba enfermando a causa del frío.

“Mamá, Valerio capturará a los pájaros si no encuentran aquí para comer”, dijo Mateo mientras estaba bajo el calor de las cobijas.

“No te preocupes, papá y yo nos ocuparemos de eso”, lo tranquilizó la mamá.

Estaba nevando nuevamente y Mateo podía contar los copos de nieve que pasaban fuera del marco de la ventana.

Acunado por esa imagen y seguro de que su mamá atendería a sus amigos los pájaros, Mateo se durmió.

De madrugada, Mateo se despertó por el rechinido de una pala sobre el empedrado: su papá estaba quitando la nieve para hacer un camino desde la puerta de la casa hasta la reja. Se oían los primeros cantos y Mateo se acercó preocupado a la ventana, pero enseguida vio que su papá se estaba ocupando de saciar el hambre de los pájaros.

¡En su lado del patio todo estaba bien!

¿Pero del otro lado? Estaba aconteciendo exactamente lo que Mateo había previsto. Las numerosas trampas de Valerio habían capturado ya a las primeras víctimas del día.

Mateo se vistió apresuradamente y, cuando Valerio volvió a entrar en casa, se precipitó al patio. En silencio buscó los granos de maíz que resaltaban sobre la nieve, revelando donde estaban las trampas.

Pisó una buena cantidad de ellas y, tratando de que no lo vieran, hizo saltar todas las trampas que pudo con bolas de nieve, pero, al final, Valerio lo vio desde la ventana.

Hubo una gran pelea y los niños se dijeron muchos insultos. Cada familia defendía a su hijo y, desde aquel día en el patio se desarrolló una continua batalla para lograr que los pájaros volaran a un lado o al otro.

Cuando los pájaros se posaban delante de la casa de Valerio, Mateo aventaba bolas de nieve para que huyeran a salvo; cuando iban al patio de Mateo, Valerio los espantaba para que regresaran donde estaban las trampas.

El resultado fue que los pájaros ya no lograban comer y que la paz se había ido de aquel lugar.

Un día el papá de Valerio decidió poner un alto a los continuos pleitos de los niños y construyó un muro. Éste no solamente dividía el patio sino que también separaba a las dos familias.

Mateo, mientras observaba aquella barrera, se dio cuenta de que ya no podía hacer nada

por los incautos pajarillos que irían a saciarse a casa de Valerio y, desde aquella tarde, empezó a rezar para que sus vecinos entendieran que habían cometido un error.

Durante el crudo invierno Valerio capturó muchos pájaros, pero Mateo alimentó a muchísimos más que así sobrevivieron al frío y a las trampas.

En la primavera, en el patio de Mateo, los pájaros gorjeaban pero, en el de Valerio era pleno invierno.

La mamá de Mateo se dio cuenta de eso y decidió hablar con su vecina, ya que desde que construyeron el muro no se habían saludado, optó por invitarla a su casa y, mientras tomaban una taza de café, hablaron de los problemas que separaban a las dos familias:

"Yo no quería este muro —dijo la mamá de Valerio—. Tú y yo éramos amigas y nuestra amistad se arruinó por causas de estas malditas trampas."

Al escuchar las palabras de su mamá, Valerio se dio cuenta de que su pasión por capturar pájaros no era un simple pasatiempo, sino la causa del invierno en el corazón de su casa.

Había llegado el momento de cambiar y sin perder tiempo, mamás y niños comenzaron a quitar las piedras del muro.

Cuando los dos papás regresaron a casa, encontraron a sus esposas y a sus hijos destruyendo la barrera que dividía el patio y se unieron a ellos en total acuerdo.

A la mañana siguiente, la primavera y los pájaros que gorjeaban alegremente ocupaban todo el gran patio frente a las casas de Mateo y de Valerio.

EDITORA: Ana Ramos
ASISTENTE EDITORIAL: Perla Maldonado Almanza
COORDINADORA DE DISEÑO: Diana A. Oviedo Cuellar
DIAGRAMACIÓN Y FORMACIÓN: Ana Patricia Hernández Guerrero
DIGITALIZACIÓN DE IMÁGENES Y PORTADA: Ernesto Rodríguez Avella y Ana E. Torres Villarreal
TRADUCCIÓN: Giancarla Brignole

TÍTULO ORIGINAL EN ITALIANO: *Amici a primavera*
Colección Fiabe in famiglia

PRIMERA EDICIÓN: 2002
PRIMERA REIMPRESIÓN: 2005

Amigos en primavera

Av. Morelos 64, Col. Juárez,
C.P. 06600, México, D.F.
Tel.: (55) 5128-1350
Fax: (55) 5535-0656

Priv. Francisco L. Rocha 7, Col. San Jerónimo
C.P. 64630, Monterrey, N.L., México
Tel.: (81) 8389-0900
Fax: (81) 8333-2804

Ediciones Castillo forma parte del Grupo Editorial Macmillan

www.edicionescastillo.com
info@edicionescastillo.com
Lada sin costo: 01 800 536-1777

Miembro de la Cámara Nacional de la Industria Editorial Mexicana
Registro núm. 3304

ISBN: 970-20-0266-4

Impreso en México/*Printed in Mexico*

Impreso en los talleres de Compañía Editorial Ultra, S.A. de C.V.
Centeno 162, local 2, Col. Granjas Esmeralda, C.P. 09810,
México, D.F. Junio de 2005.